KB274922

이별 없는 길을 묻다

이별 없는 길을 묻다

김경숙 시집

미래시선 149

미래문화사

저자의 말

　사람과 자연은 늘 별개의 터전과 환경을 갖고 있지만 서로에게 유익한 삶으로 상호보완적인 관계를 유지시켜 준다.

　자연은 독립된 자유보다는 사람과 더불어 공존할 때 더욱 빛나기 때문이다.

　어떤 목적의식보다는 보다 맑고 깊은 수련으로 순수한 자아에서 이룩한 시적詩的 발현에 무게를 두고 싶다.

　시詩의 서정적 영역은 무한이지만 인간과 자연과의 시적 감흥을 일으키는 어떤 비유나 수사보다는 관계 형성과 동질감을 유추하는 데 주안점을 두려고 노력했음을 밝혀둔다.

　그리고 두 번째 시집을 내면서 서정시적 발아를 위한 소재를 얻기 위한 가깝고도 먼 여행길에 그 바쁜 와중에서도 늘 흔쾌히 동행해 준 남편에게 뜨거운 감사를 드린다.

2009. 가을 늦은 밤
집필실에서 저자

제 *1*부
이별 없는 길을 묻다

제 *2*부
풍경들 입체로 서다

제 4 부
길 떠난 길

푸르디 푸른 구호들
불멸을 뒤척이며
크고 작은 빗금 사이로 엉겨
어쩌면 제 살점을 나누어 가지는 피
후끈 달아오른 정오의 햇볕 아래
세상 이야기 참으로 유별난

1

이별 없는 길을 묻다

이별 없는 길을 묻다

나는 결코 내 마음을 열지 못하고
내 안에 있는 나를 만나지 못하고
더욱 깊어진 가을을 보내지 못하고
믿음이 된 오늘로 내일을 돌이키지 못하고
온몸에 울음 돋는 말씀들 나누지 못하고
물에 물이 잠기는 가장 아름다운 소리 듣지 못하고

오늘을 살아가는
의미가 의미를 형성한 길
푸르디 푸른 구호들
불멸을 뒤척이며
크고 작은 빗금 사이로 엉겨
어쩌면 제 살점을 나누어 가지는 피
후끈 달아오른 정오의 햇볕 아래
세상 이야기 참으로 유별난
다시 말하지만

그대여
지금은 과녁을 어루만질 때가 아니다

낙엽

날마다 길이 되는 여자를 보아
가는 듯 오는 듯
가을비 가슴을 쓸어내며
스스로 바닥이 되는 여자
어느 길목에서 함께 꽃피웠을
웃음이었을
눈물이었을
뜨거운 전생이었을

오늘도 돌담을 따라 걷고 있는 여자
바람 앞에 자유롭고
달빛 속에
따사로운 향기가 되는 여자
춥고 어두운 길목에서 부둥켜안고
웃는 듯 우는 듯
스스로 타오르는 여자
자꾸 눈물이 되는 여자를 보아

문장놀이

매번
해법은 손 안에서 형성되고
패를 읽는 것은 마음을 닦는 수련이고
이익을 저울질하는 것은
팽팽한 손끝인데
해독하지 못한 단어들 무리
매번 어긋나는 무리수
한 번쯤은
상대를 통해서 패를 읽을 줄도 알아야 할 텐데
통쾌한 주먹 한방 날리기 위해
번득이는 눈치와 예지
동강나는 투전판에서

과연
어느 끝을 겨누고 있을 것인가
너와 나를 읽고 간 문장마다
분열하는 팽팽한 줄다리기
한 끗의 차이로
이익을 저울질하며
이 시각 눈먼 패를 읽는다

마포에서 안개에 갇히다

새벽은 지독한 안개 속이다
이른 어둠을 쓸고 있는 물소리는
첫차에 인부 엄 씨가 무사히 탑승했는지
강남엔 만취한 골목들 무릎 꿇고 있는지
오리무중인 안부들만 발목을 잡는다
하기야, 어둠을 들쑤셔 놓은 폭주족들로 하여
밤이 어찌 깊이 잠들 수 있었겠냐만
63빌딩 저 높이로
세상속 근심들 흔들리고 있음을
이미 알만한 민심은
한강을 거슬러가고 있음을 알기에
열흘쯤 잠을 설쳤기로서니
안개에 한나절쯤
길들이 사라졌기로서니
몇 년째 노숙하고 있는
마이너스통장들이 뭐 그리 뉴스거리겠냐만, 한번쯤
안개에 갇힌 강의 체온을 재어보고
맥을 짚어 물길을 면밀히 검진해 볼 일이다

연일 마포대교를 건너고 있는
흔들리는 촛불들 젖어가는 근원지와
턱에 닿는 물가로 돌아눕는 긴 한숨과

여의도를 향해 걷는
대다수의 착한 소리들에게
올바른 처방전에 따라 수혈해 주어야 한다
안개 속에 갇혀
오랜 지병으로 각혈하는 물들이, 기꺼이
따사로운 햇살로
다시
피 흘릴 수 있도록

물을 끓이며

침묵하던 물이 말문을 트고 있다
묵묵히 살아왔노라고
허기져 가여운 것들의 배를 양껏 채우며
모든 생명들에게 기꺼이 목숨이 되어
항시 몸을 낮추며
한 세월
교만에 물들지 않고
물에 물 탄 듯 살아왔노라고
침 튀기며
이빨 부딪치며
열 받은 물이 호통치고 있다

그믐밤

희미하게 삼경을 더듬고 있는 달빛 뒤로
고양이 한 마리 웅크리고 있다
눈꺼풀 속에 뾰족한 시간을 숨겨 놓고
앞발 위에 날 선 호흡 올려놓고
턱 밑에 뒷발을 끌어당겨
꼬리로 무장한 표리부동
금방이라도 용수철로 튀어오를 살기 돋는
팽팽한 긴장감

서서히 낮은 곳으로부터
열리고 있는 달빛
굳게 닫힌 빗장이
깊은 잠에 빠져 있는 틈 사이로, 혹은
여염집 문풍지 좁은 돌쩌귀 사이로
간헐적으로 치근대던 바람이
가슴앓이 하는 섣달그믐쯤

목욕탕에서 만난 부처

그 아이를 만난 것은
늦게 일어난 해들이
비스듬히 창틀에 기댄 목욕탕에서다
흙에 한 번도 닿지 못한
범나비들 엉킨 더듬이처럼
여위고 어긋난 팔다리 관절 마디마디마다
뒤틀려 엉킨 삶
표정 없는 예닐곱쯤 눈 큰 아이는
옹알이가 되어
옹알이로 일어서고 걷고 문을 열고
옹알이로 보채는 살과 뼈들을
능숙하게 거룩하게옹알이를 받아내고 있는 부처님

대중목욕탕 텅 빈 오후, 불구자식 감싸고 온 그녀
세상 나서 단 한 번도 펴보지 못한 손과 발 씻기며
눈물조차 걷잡을 수 없는 그녀, 모든 말은 옹알이가 되는데
눈물로 눈물을 키우며 삭제하며 자식 씻기는 그녀는 부처였다

맹세

어둠에서
더
빛나는 어둠은
기꺼이
빛의 뒷배경이 되어준 때문이리라

그대
오늘은

아껴둔 말
들을 수 있겠다
볼 수 있겠다
묵묵하고도 그윽한

그 한마디
오늘 거룩하게
느낄 수 있겠다

금정산은 올 때마다 가을이던가

일상이 무거운 날
범어사 전철역 2번 출구에는
은행나무 갈 빛으로 달려와
백미러에 붙박이로 머문다
거참, 그때도 가을이었던가
튼실한 열매를 키우고 수확하던
오래된 실개천을 지나
단풍 하나 앞세워 걸었던 날

이별하고 나서야 그립다는 걸 알게 된
장대비 젖어 걸음이 무거운 날
곤줄박이 발자국 세며
화두 하나 품고 시린 손 비비며 올랐던 때
정녕 가을이었던가

구비 구비 가로수 자꾸 차창에 쏠리는
노송에 합장하고 불이문 들어서면
금강계단 앞서 오르는 염불소리
산을 오르는 것은 마음 비우는 일이라며
작은 내川를 끌어다 물소리 낭랑하게
풍경소리 두 팔을 펼쳐 마주서는 곳
이천 원을 주고서야 들어설 수 있는 산은

서른 해 넘도록 범어사에 올 적마다
가을이었던가

숲을 만지다

한 달에 한번
휠체어가 부려 놓은 빈 숲속
부피가 만져지는 노인요양병원에서

이미, 말라버린 숲에는
새가 떠나자
꽃들마저 떠나서
길조차 희미해졌는데

이끼와 곰팡이
검버섯이 점령한 숲속
그곳에는
몸을 가누지 못하는
텅 빈 통나무 하나가
주사바늘 어지럽게
숨겨 논 상처들 어루만지고
조용히 돌아누운 시간 나누어 가지는 놀빛 사이로
아직도
물내음이 만져집니다
멀리 간 산새들 노래와
첫눈도 아찔하게 만져지는 하오
할 일 끝낸

동굴 하나가
변방으로 밀려난 숲에는

염색

편견과 위선을 지우며
나란히 놓인 비겐 G7튜브 두 개를 꾹 눌러 짠다

눈금으로 저울질한 이유로 엄밀하게
흰색과 미색이 목구멍을 뒤틀다 눈물로 빠져 나온
저 신기의 검은 배합
십오 분을 기다려서 억울한 십오 분을 타협한
지체된 시간이 어느덧 평안한 휴식을 바꿔 입고
나 아닌 나를 검열하는 두 눈이 겸연쩍다
비슷한 체온과 비슷한 색깔이 어울린 혼합된 균형
깊은 뿌리까지 허물을 벗고
거울 속에서 왼편으로 기운 나와
바른 편으로 정좌한 내가 비로소 만난다

오, 아름다운 동거
15분의 노동으로 탄생한 가장 우호적인 내가 나를 만난다

상봉

때가 있다면
햇살 다정하고
망초꽃 수줍게 웃고 있는 아침
길목에 그림자 푸르게 굽이치는 오솔길로
물소리 새소리 따라가며
걷고 싶어라

다만 먼저 떠난 길들의 소리들이
길섶에 발끝에
알맞게 놓이고
새순 깊어질 때
긴 그림자 하루해로
그렇게 걷고 싶어라

그댈 만날 수 있는
그럴 때가 있다면 말이지

백조의 호수

– 모스크바에서

서막을 장식한 오케스트라에 숙연한 물결은
가만가만 발끝을 세우고
네바 강 따라 낯선 백야를 건너
조심조심 어둠을 흘러서
국경을 넘고 사상과 이념을 허물며
서서히 장엄해지는 물결사이로
흑과 백을 극복한
춤사위로 꽃피는 자존심
굽은 허리가 더 어울리는
흰 머리가 더 멋스러운
등 굽은 자작나무 겨드랑이에
이윽고 시월의 날개 돋는다

눈부시어라
호수를 향해 걸어가는
검고 푸른 눈빛들
희고 붉은 미소들
여리고 굵은 말씀들의 언어
젖어 반짝이는 사람들 사이로 나래를 펴는
오감의 전율

지나리 사람들

흙빛 닮은 사람들이 이웃으로 있는
지나리*에 와서 알았다
정월부터 구월까지
정구지꽃이 하얗게 피고 진다는 것을

경운기 소리에 백두산이 기침하고
호포에서 깨어난 강이
부지런히 이랑마다 싹을 틔우고
하루에 서너 번 마을 한가운데를 다녀가는 버스가
구포에서 해를 안고 건너왔다 가는 사이
정구지 밭에서
뿌리를 박고 품앗이를 하고
돌을 골라 척박한 터를 넓히며
자식들 짝지어 도회지로 보내고
산새소리를 안고 하루가 저물어
몸도 흙처럼 기름진 사람들이 고향에서
구월 지나 시월에는
귀밑에도 정구지꽃을 피우고 있다는 것을

정월부터 구월까지
서너 번을 살아보고서야 알게 되었다

*지나리: 경남 김해시 대동면 괴정리에 있는 마을 이름

볼펜 하나

소공동 번잡한 건널목에서
목 빼고 보는 채광이 잘된 빌딩 숲속
어지럼증 돋는 순간
우지직 밟히는 볼펜 하나
온몸에 빼곡한 체온 잃은 지문
그것은 찬연한 아픔이다
하오를 바삐 걸어간 시선이 빠뜨린
반쯤 남은 잉크와 익살이 얼룩진
복잡한 휴일이 빗살무늬처럼 어지럽다

모든 만남은 이별을 전제로 하지만
아직도 중천에는 해거름 비늘 돋는데
바람조차 깨어나지 않은 늦은 골목에서
낯선 해후는 우선 반갑다
실용적인 가치에 대해서 논하지 않겠으나
멀지 않은 시간 안에
자기를 빛내던 순간도 있었겠지
그의 가출을 어루만지면
신神의 무게만큼 닿는 중량
언젠가 반쯤 남은 사랑
내게 고백 할랑가

제주해협

태풍이 지나간 아침
모든 것은 알몸으로 서 있고
갈 빛은 서둘러 빗물을 씻어낸다

롯데호텔 앞뜰
낯선 곳으로 얼추 햇살이 고이고
풍경을 지웠던 새들이 야자수사이로 뜨자
수평선도 서둘러 잠을 털고 일어나서
한라산 꼭대기 그쯤에다
길들의 안부를 물을 즈음
하루방들 서둘러 안개를 읽어내고
동백은 투박한 손으로 세수하며
먼 바다 고기잡이 함께 나섰던 바람이
뭍에 당도하고 나서야
섬들이 하나 둘 깨어나는

제주해협 해오름에
씻겨진 물빛
저리도 선연한데
파도는 또 어디로 갈 것인지
반들거리며 길을 묻고 있다

2

풍경들 입체로 서다

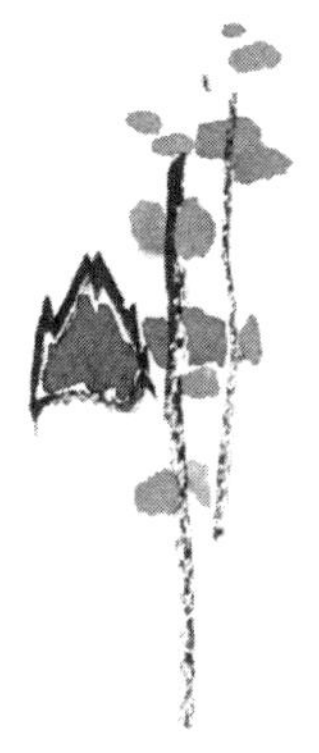

느리게 걷기

누가 알려주지 않았으나
길은 어디서나
화사하게 꽃으로 마중하고
산 그림자 스스로 걸어 나와
살내음 자분자분
간직하고픈 눈빛 하나
후후 –
마냥 흩날리고만 있었지

가만히 날아서
마음속 무게를 줄이며
무수히 달려온 시간들을 돌이키며
못 다한 사랑에게
아낌없이 손 흔들며
잠적한 낮은 곳으로
후후 –
마음 아픈 행간을 가만히 걸어갔지

숨 막히게 달려만 왔던 시간
바삐 뛰어만 왔던 어제 오늘처럼
사랑도 필시 그러하리라

무제

차라리 비가 왔으면 좋겠다
장화에 우산 챙겨들고 강가로 나가면
비들은 강을 더 좋아해서
물 위에 모여앉아 있는 빗소리들 볼 수 있을 것이다
비는 이적지 숲에서만 두런두런 걸었던가
저 홀로 슬픔을 목 축였던가
달리는 차창에 무작정 투신하곤 온몸으로 운다

비는 강을 더 좋아해서
강에 모여서 산다
비 오는 날 강가에 가 보면 알 수 있다
비가 강 곁에 식솔들을 이끌고
강변을 어떻게 경작하며 살아가는가를
나무와 숲들 다 불러 모아 다독이며
소리 없는 울음 하나도 비밀리에 키우는
강에 가 보아라
도처에서 소리 내지 못하는 슬픔들이
한꺼번에 소용돌이치는 아우성을 볼 것이다
서산에 걸린 노을 붉은 목이 꺾이도록
꺼이꺼이 우는 비밀한 소리들의 집
오늘, 흐린 토요일 오후에도
비들은 강가에 모여 산다

소금

팔월, 곰소 근처에서
보았다
염전으로 만삭이 된 땡볕들이
알몸으로 모여들어
산파도 없이
터지는 양수를 받으며
서로 서로 잉태를 도와주다
거푸
혼절하다가
푸른 하늘 하나씩 거느리고
저 바다의 허파로
숨 쉬는 것을

단비

유월 숲에
빗소리가 무성합니다

바라보는 쪽과 바라다 보이는 쪽
엄연한 경계를 허물며
풀꽃들이 한꺼번에 둔덕에 올라서서
뿌리까지 열어 놓고
몸 씻기에 한창입니다

앞마당을 쓸던 안개도
산정을 서성이던 는개 무리도
두 팔을 벌려서
머릿속을 헹구고 있습니다

민달팽이 한 마리
가던 길 멈추고
연신
눈썹에 얹힌 빗소리를 털어댑니다

씻고 헹구고 목축인 빗소리들
세상 가장 낮은 곳을 헤엄치며
두 눈 반짝이며

유월 숲을 푸르게 푸르게 달려갑니다

목욕탕에서

스무 살의 아이는
아이보다 작아진 엄마의 등을
엄마보다 더 커진 손으로
퉁퉁 불은 주름을 밀어내는데
든든한 아이의 뽀얀 몸 안에서
내 어릴 적
엄마의 젖내가 났다

훗날
어미처럼 제 아이 등을 밀면서
아이는 알게 되리라
더러운 것 모두 씻기어
모든 날들이 맑고 아름답고 올곧길
바라는 어미의 마음을
그때
내가 그랬던 것처럼

샤워기의 물소리는
3대代 모녀들의 웃음소리로
과거와 현재를 넘나들고
우윳빛 목욕탕 안으로 떨어지는 비늘들

유월 넝쿨장미들
창틈으로 턱걸이가 한창이다

안개

지독하다
언제 왔는지 앞마당에 질펀하다
밤새 욕망을 더듬던 손길
새벽 6시를 지나자
제 욕심껏 산새소리 끌어안고
아직도 분탕한 숨소리를 내며 황매화를 울리고 있다
그의 손끝엔 요염하게도
겹겹이 숨겨진 길들이 도처에 걸려있다

그의 탐욕에 빠져 걷다보면
눈을 잃어버리고 놀라 당황하게 된다
종종 발걸음 헛디뎌 가시덤불에 찔리기도 하며
지척에 있는 세간들 잊기도 해서
가끔은 현재를 묶어두고
이목구비를 일일이 들추어내야 한다

희미해진 산길을 더듬어
풀섶마다 눈망울을 달아 놓는, 그는
간밤에 얼마나 많은 옛길을 찾아 다녔는지
모든 것을 숨겨 놓고 비밀스런 언어를 쓸어낸다

강과 숲과 산을 삼키고 있는

그를 향해 다가서면 덥석 다리를
빼앗기기 십상이다
순식간에 길을 감추고 달아나버린다
허우적거리는 두 눈을 묶어버린 그는
순식간에 앞가슴을 파헤친다
그의 입술은 달콤하고 부드러워서
옛사랑을 떠올리기엔 아주 적당하다

어제까지 숨겨 놓았던 가슴 저 켠 비밀 하나도
그에 끄집어 내놓고
한바탕 울음을 종용하기도 한다
그의 허리는 넓고도 포근해서
하루를 너끈히 기대어서
오늘을 잃어버리기에 안성맞춤이다

하지만
그의 끝은
언제나 벼랑이다
지독한 난세다

봉제공장

두서너 평 지하공간에서 닭장처럼 갇힌 조선의 딸들
허리 굽힌 가난을 거들던 시절 있었다
수출제일주의의 구호 아래
물수건 조용히 얹어주던 야윈 손들
부황 든 얼굴로 아침체조 시간에
푸른 하늘 유일하게 한번 보고
아스피린이 만병통치약인 이곳에서
사람은 없고 실적만 인물처럼 들락거리던 시절
종일 관절염을 앓는 다리 곁으로 모이던 모기들
피를 빠는 순간에도
유효기간이 지난 라면 몇 봉지
헝클어진 냄비 곁에서 노동을 앓던 병약한 시절
폐렴을 앓아 쿨럭이는 굴뚝을 지고
생채기 난 하늘과 얼룩져
어둔 골목을 돌아오던 후미진 귀갓길엔
독재자 얼굴과 나란히 저무는
새마을운동 깃발 높이 펄럭이는 고통을 보며
심장병마저 얻은 조선의 딸들
이제 그 나이 고희쯤 되었겠다

앵초

첫눈이 내리고 있었어
자정 무렵까지
너의 창은 오래 닫혀 있었고
징글벨은 상점마다 환하게 등불을 켜들고
목청껏 들뜬 거리를 깨방 놀며 다녔어

첫눈이 내리고 있었고
자정 무렵까지
너는 돌아오지 않았고
징글벨은 골목을 돌고돌며
차마 잠들지 못하는 밤이었어

해마다 눈은 내려
새벽을 하얗게 밝히는데
너는 돌아오지 않았는데
그날 이후
달마다 내 안에
꽃 한 송이 돋아나고 있어

짝사랑

차라리 허수아비나 되어야겠다
꼭 그만큼 줄지 않은 거리에서
꽃이 피고 지고
새가 왔다 가고
바람도 괜시리 들락거리는데
속 모두 비워내고
반듯하고 견고하게
허공을 향해
버팀목 하나 세워 놓고
치우치지 않는 눈빛에 닿는
간절한 목마름
잠들지 못하는 열병마저
견디고 고통해서
놀빛에도 물들지 않는
종소리에도 흔들리지 않는
꼭 그만큼씩 야위어 있는 옹고집
허수아비나 되어야겠다 차라리

풍경들 입체로 서다

롯데백화점 35층
승강기엔 하오가 미리 넘실댄다
모든 것이 눈높이로 계산되는 요즈음
멀리 까치발로 서서
우리를 보는 단풍 붉은 빌딩들이
볼거리가 되지만
노오란 언어로 수화하는 가을 광장 옆으로
시야에 가득한 좁은 길들이 허리를 펴고
달동네가 엉거주춤 보이고
풍경에 관심이 없는 사람들은
백화점 쇼윈도에 낯설은 소리와
포장마차 낯익은 체취들 귀퉁이마다
꽃과 향기로 장식 하나씩 달아 놓는다
공간마다 사람들로 넘치는 발자취
팽팽하게 흥정을 마무리하면
멀리서 돋는 후광들 사이로
오늘 하루를 빛내던 사람들
한꺼번에 쏟아진다
전광판에 높아진 주식의 수위만큼
어제보다 십 분 늦게 도착한 노을이
저녁으로 돌아오는 자유로 근황을 말하고 있다

신발

하루를 헌신하며
만신창이가 되어서 돌아오는
신발을 보면
고운 이름 하나 붙여 주고 싶다

운동화 구두 슬리퍼
고무신 털신 장화
빨강색 검정 노랑색
그런 거 말고

은하수 샛별 북극성
그믐밤 어둠도 너끈히 건널 수 있는
돛단배 뗏목 잠수함
거친 바다 폭우속도 탈 없이 횡단할 수 있는

높고도 든든한 이름 하나씩
처억 붙여 주었으면

참나리

아까부터 매미가 종소리 멀리 간 아픔으로
한낮을 울어요

나뭇가지 사이마다
따닥따닥 밟히는 숫매미 울음이
길목마다 걸려 있는 거미줄을 부여잡고
부서질 줄 알면서도
허물 한 점으로 사라질 줄 알면서도
가루 가루 꽃을 빚어서
차마
다가서지 못하는
뜨거움만
점점이 박히고 있는데

낮은 물소리 우렁우렁 건너가는 계곡
숲에는 매미가 자꾸만 우네요

호박

거 참 넉살도 좋다
사람들이야 뭐라고 구시렁거리던
돌밭머리 두엄더미 아래
사타구니 처억 걸쳐놓고
보란 듯이 자식 불리고
바람 일렁일 때면 사방팔방으로
수족들 모두 올려놓고
울컥하는 똥냄새에도
한 계절을 넉넉하게 웃고 있구나

딱 부러지게 얘기 안 해도
인물 못난 건 알고도 남고
잘 익은 가을바람 쏠쏠한 재미에
이게 어디냐며 허공으로 내민 손
자꾸만 보아달라고 흔들어대는데
한 뼘씩 깊어가는 가을이 더듬어가는
한순 한줄기 뒤엉켜 더욱 즐거운
은밀한 관계
오늘 무르익다

둥글다는 것

비는 언제나 둥글다
원하지 않아도 어디든 탈 없이 굴러서 동행해준다
가끔 높아진 수위로 울부짖기도 하지만
그건 바람을 사랑하기 때문이다

언제나 둥근 비는
장미꽃 가지 위에서도 동근 꽃을 피우고
발뒤축에 밟혀서도 둥글게 부서지고
낭떠러지에서 날개를 접어 둥글게 죽음을 눕힌다

좁은 길에서도 쉽게 비켜서고
강물에도 탈 없이 스며들어
시들지 않는 모양으로 꽃을 피우는 것
살갑게 둥글다는 것
배부르게 둥글다는 것
처음과 끝이 같다는 것이다
태어나고 돌아가는 길이 하나라는 것이다
둥근 꽃잎이 허공에 둥근 길을 만들며
둥근 세상을 다 들여다보고 있는 것은
둥글게 말아 올린 세상을 다 갖고 있기 때문이다

언제쯤 저렇게 둥근 목숨 하나 간직하게 될까

민들레

- 어머니

새벽별 머리에 이고
전대를 허리춤에 단단히 꿰차고
인천행 첫 협궤열차를 날마다 탔다
덜컹거리는 시간 속에서
짐짝처럼 실려 가는 당신의 가난을 보며
불어 터진 젖을 감싸 안고
칭얼대고 있을 늦둥이를 애써
외면해 보지만
눈물처럼 무거운 새우젓을 이고
골목골목 비린 서러움을 외칠 때마다
발끝에 채 이는
막내울음 근처에 내려놓은 시간들

지금도 저 세검정 고샅길에
머물고 있을
당신의 가슴에 훈장처럼
얼룩진 못자국들
향기로 오다
하늘 아래 첫 새암처럼

매화

아직도 살얼음 돋는 아침 길을 나서면
어느덧 정수리에 꼿꼿하던
햇살이 아프다
부르는 소리 없어도
알아들을 수 있고
발자국 소리 들리지 않아도
보이지 않아도
가까이 있음에
이미
잔설 그늘에도 다리를 뻗고 앉는
송이송이 향기로 치장한
바다 건너 먼 별들이 돋아나고
산을 넘는 빛들이 지붕에서 달그랑거리고
들길을 고루 건너와
살얼음 살며시 품어 안고
삼월의 창을 간곡히 열고 있음을
알 수 있겠다

3

손과 손의

손과 손의

손바닥 비비며 뜨거워진 체온들
상승을 전제로 둥지 위로 깨어난 생애들
어제와 오늘이 미리 와 닿는다

오늘도 녹슬고 휘어진 관절들 사이로
담금질하는 한 지문을 벗어난 손끝에서
그대 낯익은 얼굴도 만나는 손금 둘레
편협한 세상 이야기들 사이로
누군가 돌아서서
기척 없이 건네는 손

그대 보았지
눈 감아도
손과 손이 맞닿으면
내일을 열고 반듯한 화두 하나
미리 깨어나
그대의 한 장식이 되는 것을

딸기밭에서

낯설지 않은
거칠고 투박한 손
헐렁한 몸뻬
사람 좋은 입심
자꾸 목메이는 그 한 마디
너무 가물어서
돈벌이가 평년만 못하다며
당신의 탓인 양
한 옴큼
덤을 얹으며
큰 웃음 슬며시 감춘다

돌아오는
차창에
오래도록
서서
손
흔드는
등 굽은 딸기밭

비와 강

강에 와서 보아라

물은 그립은 귀엣말 듣고 자란다

버드나무 갈대숲들 사이로

계절을 꼬드겨

혹은 옆으로 걷는 비 따라 뒤뚱거리며

간밤 폭우에 꽃들이 허물어진 능선마다

나무들 꺾인 등뼈에 새 살이 돋아나

서로 궁합이 맞는

비와 강은

수위를 넘는 사랑 하나 다독이며 산다

모스크바

-붉은 광장

모든 도시들이 사회주의를 향해
세상에서 가장 근엄한 자세로 사열 중이다

볼셰비키 레닌 칼마르크스 스탈린 말렌코프
후루시쵸프……를 경배하며

가을을 닮은 어둡고 우울한 건물들 사이로
한 치 틈도 없이 굳게 닫힌 창문들
오늘도 자유를 향해 일어나지 못하는 강물은
물과 함께 서로 닿아서 목숨을 부지하고 있다

물 한 방울 건드리지 않고
이국의 강을 건너는 비둘기들
어떻게 알았을까
빛이 열리는 쪽으로 바람이 모여들고
인적이 모여들고 사랑과 이별이 닿아서
차이코프스키 앞에서는 모두가 하나가 되는
저 우람한 지휘봉
늦게 철든 21세기 악마

낙엽 1

저물녘이었을 게다

만덕고개 근처에서
금정산을 이별하고 있는 너의 뒷모습을 본 것은
능선에 둘렀던 오색 머플러 풀어
얇아진 풀벌레 울음을 덮어주며
물소리 서늘한 의상봉에서
아직도 따뜻한 입술자국 어루만지며
잘 가라곤 하면서
잡았던 손을 놓지 못하고
잘 있으라면서
놓았던 손을 다시 잡고
산성마을 쪽으로 마음만 깊어져
돌아서다
얼싸안고
다시 서서
눈물만
뚝뚝 떨구었던 때는
놀빛도 살얼음을 견뎌야 할
다 늦은 저녁

상강霜降 무렵이었다

길 위에서

어머니 구멍 난 양말을 깁는 중이다
돋보기 안에서도
대책 없이 방향을 잃고 엇나가는 손
끝에서 환하게 피는 상처들
바늘은 흐린 눈을 비비며 발뒤꿈치에 더 세밀한 궤적을 남긴다

어둠에 걸려 자주 넘어졌던 부뚜막에는 아직도
된장 뚝배기 끓는 소리 따뜻한데
먼 데 개 짖는 소리가 사립문을 열기도 전에
낡은 신발을 끌며 동구밖을 지나는 소리에
먼저 달려가 가슴에 안겨 돌아오는 불빛들 스스로
아랫목서 잠이 들고
윗목에 벗어둔 양말에서 찬바람이 부는 밤이면
바늘 끝을 세워 문틈을 깁고
자꾸 엉키는 실타래는 새벽이 되어서야 서리꽃을 피웠고
어둠이 얽혔다 풀리는 환유 앞에서
길들이 돋아나고
궤적을 가까스로 찾아가는 슬픔 하나가
온몸으로 걷는 길
상처로 피는 끝없는 보행
푸석한 바람을 안고 모래펄을 걸어간다
삐뚤고 본때 없는 작은 길 위에

흰 등뼈가 흐려진 시간을 마름질해간다

어머니 구멍 난 길을 깁는 중이다

부부

계란을 깨서 접시에 담아 보면
아름다운 경계 하나 다소곳이 젖어 온다
서로를 침범하지 않고
적당한 거리에서
오랜 세월
못 하나 치지 않고
돌 하나 쌓은 흔적 없지만
좁은 울타리 안에서
밖이 안을 감싸고
안이 밖에 편안히 기대어
서로 등을 맞대고 살아가고 있는

맑은 눈빛으로
둘이 하나가 되고 있는

시월은

제비꽃으로 톡
소쩍새 부리고 토옥
매미소리 울창한 달빛으로 토옥톡
사분음표 오선지에 열창하며
한 계절
포르테 포르테 마지막 숨 고르고 있는
꽃들이 들려주는
새 울음소리 낭자한
내 안을 허무는
달빛 번지는 울음 서로 다르듯
길 안 혹은
악보 끝에서 만나지는 계절 속 반음계
언제나 서늘하다
이렇게 다 떠나고 지고
빈 악기만 오롯이 남은
시월은

밤바다 1

저물도록
오색 단장한
불빛
하나
둘
무시로 걸어와
밤새
알몸 씻는 소리들
찰그락
찰그락
태초에 갯바위에 닿는 이슬들

저물 녘

헤어지지 않는 하루가 어디 있으랴만
저문 해를 두고 돌아오는 길은
언제나 가슴 아프다
참한 노을은
백미러에 미리 환승하여
눈짓 손짓으로 어울려
골목 어귀까지 따라와
길들이 창을 밝힐 때까지
방향 없이 떠돌고 있기에
하루해를 안고 돌아오는 길은
언제나 면목이 없다
헤어지지 않는 길들이 어디 있으랴만

단풍

숲들은 온통 뜨거워지고 있다

오랜 가뭄 끝에 옷을 벗고 있는 강
아무리 그렇다 하더라도
백주대낮에
그것도 실오라기 하나 걸치지 않은
알몸으로 누웠으니
둥그스름한 어깨
너털구름 근처 허연 궁뎅이
바람에 찰박이는 사타구니 저
음부에 돋는 물비늘 비늘들
불끈 솟은 너럭바위
길들이 뿜어대는 뜨거운 숨소리

숲들 온통 오르가즘으로 있다

우포늪에 간다

갈대 사이로
노을 환하게 흔들리는 날
저어새 두루미 청둥오리 높이 뜨는
창녕 우포늪에 간다

노랑어리연꽃 촘촘한 울안 따라
물잠자리 알을 낳고
소금쟁이 해종일 손풍금 치는
산마을이 잠겼다 풀렸다 붉어지는
창녕 길 돌아 우포 둑으로 간다

노을 환하게 흔들리는 날
별들이 차츰 꽃등을 켜는 수면 위로
서로 부리를 닦아주며 입 맞추는
어둠보다 먼저 강에 저무는 순수
새 보러 간다
새처럼 날러 간다

어항 속

산다는 것은
어쩌면
제 크기만큼 가슴속 그늘을
매양 키우는 것이리라
그늘이란 양지일 때 더 선명해서
눈부시게 아름다운 봄볕에선
제 키만 한 응달도 거느리지 못하는
시린 눈을 하고 있다는 것을
거스를 수 없는
벗어날 수 없는
떨쳐버릴 수 없는
그리움 하나 완곡하게
거울처럼 마주하는 것이리라
산다는 의미는

어떤 유혹

아시나요
하루살이가 스물네 시간을 살기 위해
탄생의 열락을 갖기 위해
지표에 뿌리내린 암흑 속에서 지낸 날들이 몇 날인지
하루를 살기 위해
스물여섯 번을 고통과 인내로
탈바꿈한 몸
얼마나 눅눅하고 두꺼운 어둠을 견디고 있었는지를

하루를 살면서
먹는 것과 잠의 시간들
다 버리고
오직, 제 짝을 찾아 찾아
사랑하고 잉태하며
천년처럼 하루를 살아가야 하는 까닭을
아시나요

지붕

꿈이 보이는 높이에서
지구를 올려다보는
눈, 눈들 높이에서 비롯되는
저마다 작은 보폭으로 더 맑아지는
빛 하나 들고 바라보는
하늘에서 가장 가까운 곳
오, 눈먼 바람들
음성이 빼곡하게 살고 있는

비행기 안에서

정작 허공에도 그리움이 있어
노을 앞에서는
까마득히
서쪽으로 먼저 구름이 붉어지고
뒤편은 언제나 목메이는 그늘이 된다
그늘 속으로 비스듬한 햇살이
더 붉은 어깨를 기대어오거나
목을 길게 빼고 아는 체하며
아찔한 창밖을 바라다보기도 하는데
해가 비켜가고
구름이 갈앉고
내가 지나가도
흔적은 남지 않는데

네가 지나간
순간들은 자꾸만
발밑에서 오금이 저린다

4

길 떠난 길

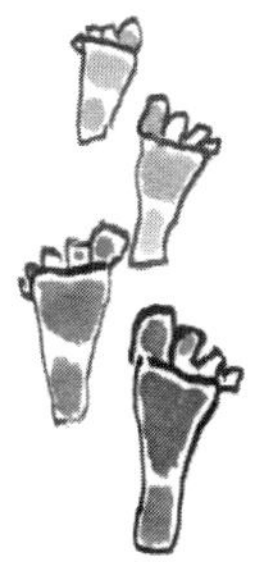

낙엽 2

떠나고 싶을 때가 있다
어디론가 하루나 이틀쯤
갈대 울음 꺾이는 낯선 길을 돌아서
계절이 저무는 을왕리 포구에 닿아
온몸으로 가을을 지우고 있는
개펄 속의 썰물이었다가
병색 짙은 노을이었다가
수평선마저 까맣게 지워지면
눈물로 뜨는 그대를 만나러
꼭 한번 나그네처럼 떠나고 싶을 때가 있다

아버지

지금 그 간이역엔
국화꽃이 힘없이 떠나고 있겠다
맨드라미 가는 손 흔들고 있겠다
건널목엔
지난 여름 뜨거웠던 매미울음 헐렁한 그림자만
허물로 쓸리고 있겠다
단풍 늙은 나무가
진종일 떠나만 가는 기적소리에
굽은 등 더 붉어져 있겠다
꽃들이 떠나고
풀벌레들이 떠난
비인 자리
떠날 수 없는 빈 가지들만 저물고 있을
그 간이역

길 떠난 길

그 강에는
사랑이라는 이정표가 있었습니다
작당하고 첨버덩
물에 뛰어 들었습니다
너무 깊은 물 순간,
아가미가 있는 줄 알았으나 허공이었고
호흡은 심연에서 허우적거렸으나
마냥 포근하고 좋았습니다
하늘이 다가와 끌끌 혀를 찼지만 모른 체했습니다
물에 젖어 퉁퉁 부은 돌멩이가 젊잖게
어서 돌아가라고 채근했으나
웬 참견이냐고 싹 무시했습니다
산그늘에 누워 늘어지게 낮잠을 자고
너럭바위에 올라타 콧노래도 흥얼거리다
놀빛에 젖어 허겁지겁 뭍으로 나왔습니다
하지만 밤의 한기를 달빛이 외면하고 가버려서
나는 외톨이가 되어 덜컥 겁이 났습니다
하지만 뒤태가 아름다운 강물은
아직도 생채기 환한 가슴을 관통하고 있습니다

지리산 억새풀

산 빛이 깨어나는 지리산 6부 능선에서
나무 하나 낯익은 이름 곁에
격식을 비운 사람들과 어울려
묵은 김치로 막걸리 한 사발 들이키며
푸른 하늘 한 점으로 쓰윽 입을 닦고
산을 오르며 숲을 걷던 하체가
피아골 이마에 얹은 단풍처럼 아플 때
8부 능선에는 더 많은 억새들이 일가를 이루어
아주 가볍게 산을 경작하고 있었는데
이때쯤 해거름 바람이 알맞게 걸어오고
단단한 뿌리들이 흙을 저장하며
공간을 넓혀가는 바람이 곧추서자
불현듯 한쪽으로 비워지는 허공 끝
눈높이에서 이루어지는
저 찬란한 슬픔들

낙숫물 소리

낙숫물은 늘 수직으로 일어선다
불안한 모서리 단애
그 아찔한 벼랑 끝에서
용수철처럼 튀어 올라
표시하는 절대적 수호 영역
수백 개 물방울이 다시 분열되는
부서지고 깨어져도
더 단단한 몸으로
지상에서 가장 어둡고 낮은 곳에서
기꺼이 일어서서
먼지 푸석이는 하루를 어루만지고
뼛속 깊은 곳까지 스며들어
어린뿌리에게 젖을 물리며
이윽고
찔리고 부서진 고단한 삶을 내려놓으며
둥글게 말았던 관절들을 조금씩 펴고 있다
지상에서 다시 확인하는
저 무수한 발아

무제 1

처서 무렵
열대야를 견디며
풀벌레들이 엮어 놓은
새벽 악보에는
열매들도 음계로 다시 깨어나는데
둥글거나 모난 대로
누렇거나 붉은 대로
좁은 설익은 수줍은 모양새로
달빛에 갈고 다듬은
음표 하나씩 걸어 놓고
나무 위에서
발아래서
목청껏 여물어 가는데

무엇일까
포르테로 일획을 긋는 저 서늘한 음보

신혼여행지

낡은 경도장 206호실이
그날처럼 비를 맞고 있다
단련된 길들과 가뭄에 풀이 죽은 실개천 사이로
비가 억수같이 쏟아지던 첫날밤처럼
숲들은 사방에 점잖게 앉아
주변을 살피며 경계를 서고 있다
이미 불 꺼진 206호실
누군가 세상에서 가장 탁월한
신 새벽빛으로 열락을 탐하고 있을 것이다

나직한 발걸음 누이며 추억을 잠적하자
길목을 지키던 나이 많은 팽나무
허리 굽혀 아는 체를 한다
그날 먼 낭하 맨 끝에서
가난을 벼슬처럼 얘기하던
불빛은 이미 바다로 기울고
기운 만큼 우리들 이야기는
깊게 출렁이는데
금지옥엽으로 가꿔온 한평생
오늘 창가에 미끄럼 타는 물방울들과
약속처럼 어울려 있다

봄비 오는 날

빗소리 낮은 곳을 향하여 물금 하나 긋는다

한 번 머뭇거림도 없이
아낌없이 직하해선
세상에서 제일 낮은 기울기로 태어난다
낮아져서 더욱 가여운
상처들 어루만지며
겨우내 얼음 박힌 양볼을 보듬어서
낮을수록 더 따뜻한 입김으로
가만히 입 맞추고 있다

낮은 곳으로 열리는 소리
큰 소리가 난무하고 있는 세상을 향해
속내를 당당하게 털어내고
제 허물을 스스로 치유하며
남 탓만 하는 어리석은 높은 곳을 향해
더욱 낮게 수평을 고르고 있는
저 비 ―
내 깊은 뿌리에
시방 물금 하나 긋는다

열대야

육삼 빌딩근처 창들은 이미 절반이 퇴근한 후였다
네온에 갇힌 사람들
오후 열시를 지나는 현관 스위치를 누르자
어둠은 황망하게 에어컨 밑으로 숨고
불가마 속을 걸어 나온 지친 하루는
아직도 아스팔트를 달구고 있다
지상으로 걸어온 별들이 더는 갈 곳이 없어
마포대교를 천천히 건너고 있을 즈음
자기 몸무게를 줄여가는 한강변 고수부지엔
아직도 밤을 떠나지 못하는 사람들이
통기타 하나로 한강을 노래하는
무명가수 둘레에서
가을을 미리 노래하고 있다
푸르게 일어서는 풀냄새 곁으로
눈 비비며 자명등 하나 자정을 건너자
칠월 온도계 속을 몽유병 환자처럼 일어난 사람들
모두 외계인을 닮아 있다

쑥부쟁이

손톱만큼도
여분이라고는 없는 비탈이거나
그늘이거나 가장자리거나 벼랑 끝에서라도
척박할수록
보란 듯이
열사흘 밤낮 황조롱이 울음으로
튼실히 바람 속을 살아내어
나비와 고라니와 구름까지도
금세 동무가 되어
밀고 당기고 흔들리며
서로 손을 맞잡고
발걸음 나란히 가는 비탈길
참하게 밝히며
지천으로 아찔하게
무리로 일어서는
못나서 억울한 한 생애

생일

– 아들에게

비단,
오늘이 아니어도
새로운 날들 앞에 주인공은 자신이라는 것을
모든 날에 잊지 않고
가장 아름답고 푸른 날들을
늘 간직하거라

백지 위에 그리는 인생사
뼈를 깎는 고통과 시련도
더러는 시행착오도 있을 것이나
어디서나 중심은 견고한 것
범사를 눈높이로 받들며
최선을 다하는 삶은
언제나 빛나거니

사립문 앞 건곤乾坤줄에
고추 두 점 숯검뎅 솔가지 몇 표식할 때부터
너의 생명과 안유
어미는 세상 다하는 날까지
끝없이 기도하고 있거니

몸으로 우는 소리들

오월 스무 날 여린 달빛은
개구리와 소쩍새들 쏟아지는 저문 숲으로
찔레향 송두리째 걸어둡니다

창원에서 김해평야를 등에 지고
늦은 귀가를 재촉하는 소리들은
낙동강에 익명을 벗어놓고
제 이름으로 다가와 깊은 밤 맑음으로 쌓이는 소리
제 몸뚱이를 닮은 소리들
개굴 개굴
소오쩍 소쩍
뻐꾹

오월에 잉태하는 가장 푸른 이름들

오수 午睡

안과 밖이
슬그머니 자기를 벗어던진
허물 속으로
낮과 밤이 동침하는 오후 세시 반쯤
무단 횡단하는 그림자들
풀벌레 소리들
지나가는 인연들 모두
바람 앞에선 한낱 흔적일 뿐이다

모든 것을 겨냥한 소리 근처에서
다시
꿈을 깨는 순간까지
형식을 비운 시간 안에
나붓대는 이름들
모두 증발하는
짧은 시각 긴 여백

냉이꽃

기특하게도
낮게 살아내는 법을
스스로 알아
가장 먼저
계절을 마중하는 낮은
길 하나를
세상에 내어놓으며
더욱 낮게 살아서
꽃샘추위 이겨내고
살얼음 맨 발로 걸었던 밤도
앙팡지게 향기로 감싸며
화엄을 열고 있는
동자승 같은

봄 비둘기

목요일 시 창작 강의시간
창유리에 오후가 차츰 비워지고
문장 속으로 흑비둘기 한 마리 난다
칠판에 가득한 언어들의 수사는 보이지 않고
때늦은 단풍 엽서를 든 비둘기
호기심으로 눈시울 붉히는 가로수 윗목에서
한 가닥 빛으로 계절을 깨워
양지쪽으로 풀리는 그림자
시선을 비키지 않는 백이십 분 동안
날갯죽지 노오란 꽃부리로
지금 시詩 몇 행간을
형용사로 지줄 대고 있다

길

－배추밭에서

점심을 먹기 위해
배추 한 포기 뽑으려다가
잎 뒤에 숨어 무수히 꿈틀대는 알몸들
서로 엇비슷한 닮은꼴로
근황을 통과하고 있다
맨몸뚱이는 움직임을 먼저 불러놓고
요량도 없이
시간을 갈고 닦아서
공중에 나풀나풀 환한 길 만들고 있는
저, 희망들
오로지
오체투지로 숭숭 뚫어 놓은
눈물 빛깔

이제 그림자 벗어놓고
아프지 않게 사랑하기

멈출 수 없는 길
쉴 수도 없는 길 헤아리며
정신을 반듯하게 놓아야 하는데
어느 곳이나 낯익은 길들을 마중하며
가는 길 더욱 명료하게

5

눈이 올 것 같은 아침

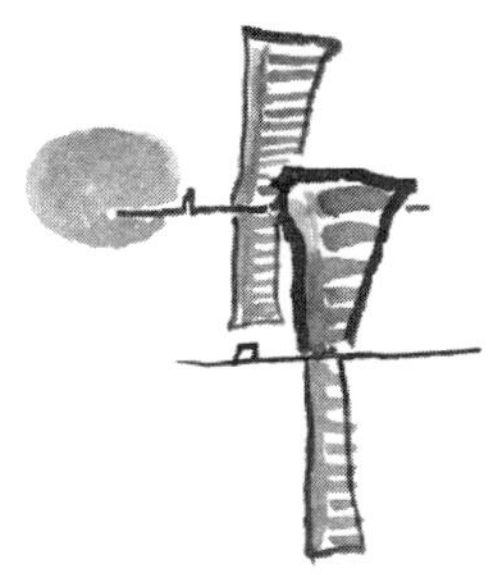

중앙동 찻집

중앙동 ○○찻집에는
그리움이 다소곳이 앉아 손님을 맞는다
우울한 경제지표처럼 어지러운 몇 몇 물음들이
작은 찻잔을 깨우지만
인연대로 형편대로 단순하게 사람들을 갈라놓고
알맹이 없는 허물처럼 오후 3시가 지나고
비슷한 처지의 말들이 탁자 위에 놓이고
누군가 그늘보다 깊어지는 수심을 내보일 때
비로소 마음을 빼앗긴 그대처럼
단정한 손금 속 이야기에 길들여진다

바람이 간혹 버릇없이 들락거리는 입구에는
모나리자 그림 그윽하게 들여다보는
뱃고동소리 들리고
떠났던 섬들이 만선으로 나부낄 때
파아란 하늘이 비늘로 돋아나기 시작하면
계산대 위 하이얀 시계탑 달그락거리며
오후 다섯 시의 뻐꾸기 울다

휴대폰 문자

한마음 기획 광고판 옆
자판기에 갇혀 커피도 수면에 든 시각
사그랑사그랑 문자 넣는 소리
밤이 올랑가 새벽이 올랑가
화상 안으로 제멋대로 날아다니는 생각들
'도시라솔파미레도'
밑줄 긋고 다시 그으면
그 안에 속 깊은 자존심 하나
아직도 저녁 시장한 그대 입안에 향기로 머무는
바람 우는 소리

세상이 반은 잠들고 반은 깨어 있는 시각
침실에 누운 하루는 벌써부터 잠을 다독거리지만
딩동댕 문자 소리에
출장간 남편이 후둑이는 빗방울로 젖는다
자꾸만 낯선 얼굴들이 다녀가고 간혹,
번지를 잘못 찾은 얼굴들로 잠은 더 멀어진다
달빛은 점잖게 한걸음 내려와 창을 밝히고
어디선가 꽃부리에 머무는 풀벌레 소리
물레를 저어가는
'도레미파솔라시도'

풋과일

엄마는 땡볕에서
속 깊은 그늘을 걷어내고 풀을 뽑아요
풀들이 자리 잡기 전에 뿌리째 뽑아야 한다며
게으른 년 밭에는 잡풀만 무성한 법이라고
호미로 묵은 땅을 꽝꽝 열어서
완고한 어깨를 단단히 부여잡고
스윽스윽 정교하게
메꽃 나팔꽃 다치지 않게
발아래 개미들 놀라지 않게
작은 걸음으로 낮은 보폭으로
바람이 들랑거리도록 궁둥이를 비껴 세우며
땀방울에 눈이 찔려도
그림자들이 지쳐 길게 누울 때까지
지나온 길 돌아보시며
땅은 결코 배반하지 않는다며
뿌리째 풀을 뽑아요

울 엄마 땀을 먹고
하늘 가득 거룩한 잉태로 빛나는
땡볕 속 초록 열매들

이별

물금역 근처에서
너를 보내고
보내지 못한 마음만 남아
기적소리만
가슴을 가로질러 가는데
바라보면
허공도 절벽이더니
먼 날에 돌아앉은
길마다
꽃피는 해후
반듯하게 너의 이름 불러 보며
저물녘 늦은 해를 안고 돌아오는
물금역 근처에서

눈이 올 것 같은 아침

-기축년 새해

안개 자욱하다
낮은 하늘이 떠나는 자리마다
산들이 허리를 굽혀 준다
앉은뱅이 길 쪽으로 새소리 물소리
부지런히 걸어가고 있다
상록수들 푸른 입김을 불어내어
잎 떨군 빈 가지 끝에 하늘을 올려놓았다
괜히 울적해진다
펑펑 눈이라도 왔으면 좋겠다
새날은 무엇을 준비해 두었을까

멈출 수 없는 길
쉴 수도 없는 길 헤아리며
정신을 반듯하게 놓아야 하는데
어느 곳이나 낯익은 길들을 마중하며
가는 길 더욱 명료하게
적당한 온도와 속도로 발효시키며
가끔은 갈 길 바쁜 너에게 빠른 길 내어주고
오래 잊혀진 친구에게 안부도 전하며
솔깃한 샛길도 우회하면서
그렇게 걸어가리라
기축년 새해에는

이슬

어머니는 저물녘 근처에서
툭툭
생 솔가지 분질러가며
수제비를 뜨으시거나
멀건 시래기죽을 끓이셨다
낡은 굴뚝을 겨우 빠져나온
허기진 연기들
밤새
셈본처럼 아라비아 숫자로
인왕산에 닿았다
내 열여섯의 무지개 꿈
오늘도 눈물 꽃으로 피는 가난은

기적소리

이웃을 자처하며
무시로 찾아와서
억척스레
콩꽃 깨꽃 감자꽃
철철이 피워놓고
구부정한 길을 가로질러
마을길마다
무성한 소문들 흔들어놓고
산등성이 돌고돌아
집집마다
길손처럼 먼저 달려가서
큰 소리로 대문을 두드리고 가는

한로 무렵

누구일까
굴뚝새 목쉰 소리에 은빛 서리 내려
바람은 마지막 지붕을 수리하고
낮은 곳으로 풀 향기는 쓰러져
헐렁한 저고리 벗어놓고
저 홀로 떠도는 나뭇잎들
허수아비 외팔 어깨로 내리며
막무가내 다가와
철 지난 봉숭아꽃 툭툭 터뜨려
손가락 마디마디 더 붉어져
아릿하게 수심에 들게 하는 이
누구일까

거미의 집

살다가 말이지
가슴 막막한 날은 무조건 밖을 나서라
바람 팍팍 부는 광야
허허로운 들판에서
아무도 이웃하지 않는
외롭고 쓸쓸이 세상을 사는
오체투지의 한 삶을 자세히 볼 수 있거니

걸어서는 닿을 수없는
허공과 허공을 끌어당겨
사방을 팽팽한 경계로 세운 아슬한 둥지
그의 도피를 도울
날카로운 촉수 하나 빼물고
명아줄 하나로 연명하며
지구 밖으로 낙하를 단단히 묶어둔
거룩한 생명 하나
결코 죽지 않을 부피 하나를 볼 수 있거니

인연의

길은
서로를 바라보며
함께 만들어가는 것이라 했지만
길은 어디에나 있고
도무지 아무 데도 없다
다만
날개 돋는 믿음으로 간직될 뿐
여태껏 내가 걷고 있던 길이
어느새 옆길이 되어 있을 때가 있다
모든 길은 마음 읽기에 따라
허물을 벗고
길 위에서 길로 다시 태어난다

살다 보면

가뭄에 타는 밭두렁에
물꼬 틀 일 어디 한두 번이랴
세상에 말이다
꽃이 지는 길 따로 있고
물이 흐르는 길 따로 있듯이

마음 흐르는 길 불손한 길
따로 있듯이
꽁꽁 언 강 녹이며
햇살 껴안는 눈부신 아침이거나
기인 그림자로 저무는 해거름이거나
다아, 우리들의 삶 아닌가

살다 보면
헛물켜는 일 가끔 있어도
가장 우호적인 걸음으로
우선 가보는 게 인생 아닌가

섬

— 딸에게

너를 두고 한강을 건너올 때면
눈물이 난다
홀로 견뎌야 할 일상을 미리 보며
빈집을 들어설 너의 늦은 귀가를 염려하며
스스로 채비할 스무 살 추운 아침이 안쓰러워
한강을 건널 때면 언제나
눈물이 난다
너를 두고 떠나는 길

나는 외로운 섬이다

삼십육계

함께 줄행랑을 쳐도
그 바쁜 와중에서도 말이지
뒤에서 보면
참으로 우스꽝스럽지
죽을 힘을 다해 뛰는 다리 걸음에도

— 낭창한 헛짚은 휘영청 오리궁뎅이
  지리멸렬한 다리들의 균형 —

마음만 앞서가고
성질머리는 뒤따라가는
소갈머리
다아 나타나는
저 꼬락서니라니

빗소리

언제 왔는지
그 먼 길을 달려와 새벽 창을 두드리는 그대
얼마나 오래 자유를 향해 달려왔기에
젖은 땀으로 흥건한 건가
얼마나 오랜 어둠을 견디어 왔기에
그렁그렁 눈물이 묻어나는가
가슴 한복판을 휑하니 달려와
한 옥타브 어긋남도 없이
같은 음을 두드리고 섰는
새벽 네 시 반의 그대
불멸을 뒤척이는 하루해를 달려와
여명으로 우뚝 선
붉은 깃발 깃발들 사이
환하게
꿈길 두드리는 미아

비 오는 날의

사흘 연속 비가 왔어
한 마리 새가 처마 끝에서 울고 있어
겨우 빗소리를 견디고 있는데
어쩌라고 바람은 자꾸만 흔들리고 있는지
그 울음 건너간 사이로
예리하게 찔린 단어 하나
길가에 넘치고 있어
강을 말없이 횡단하고 있어
명분 잃은 슬픔들이
여울목에서 한꺼번에 통곡하고 있어
후미진 골목에서
오던 길을 버리고 싶었던
울창한 숲에서
주저앉아 하염없이 우듬지에 젖고 싶은
사뭇, 서성이는 울음도 있었기에
사흘 밤낮을 따라와
발바닥에 뭉턱뭉턱 걸리는
울음 하나
아직도 그렇게 혼자 있어

배나무

타는 가뭄도 폭염도 너끈히 견디어 주더니
잎마름병 앞에서
꼼짝없이 늘어진 배나무
작당하고
농약 통을 짊어지고
구석구석 골고루 뿜어 주었다
순식간에 좀벌레들은 흔적 없고
메뚜기 땅강아지 거미들
맥없이 땅바닥에 주검을 눕히고
옹기종기 체온을 맞대던
나비 하루살이 벌들
도망치다 꼬꾸라지고
이웃끼리 만나던
까치도 급히 우회했다

어깨에 한껏 각을 세운 배나무
곁으로 다시
풀벌레가 찾아오기까지
꼬박
일곱 번의 밤과 낮을 앓아야 했다

작품해설

이별 없는 길 찾기의 시학
– 김경숙 시집 「이별 없는 길을 묻다」

홍문표
|시인|문학평론가|

이별 없는 길 찾기의 시학
- 김경숙 시집 「이별 없는 길을 묻다」

홍문표
|시인|문학평론가|

김경숙 시인이 그의 두 번째 시집 「이별 없는 길을 묻다」를 상재하게 되었다. 첫 시집 「소리들이 건너다」에서는 제목에서 보듯이 사물의 내면에서 속삭이는 소리들의 진실에 귀를 기울였는데 이번 시집은 철저히 길을 묻는 시학이다.

우리에게 길이란 말처럼 다양하고도 절실한 것은 없을 것이다. 삶이란 길을 걷는 것이고, 길을 묻는 것이기 때문이다. 그런데 길은 빛살처럼 무수히 뻗어있고, 그 어느 길도 갈 수는 있지만 유한한 지상의 시간으로는 그 모든 길을 다 갈 수가 없다. 결국 프로스트의 시처럼 그 중에 한 길을 선택할 수밖에 없고, 그로 인해 먼 훗날 한숨을 쉬며 가지 못한 길들에 대한 회한을 버리지 못하게 된다. 그 많은 길 중에 오직 한 길밖에 선택할 수 없는 인생길. 한번

가면 다시 돌아올 수 없는 불가역의 길. 그러니 우리는 사방으로 뚫린 네거리 길에서 언제나 애절한 선택의 기로에서 방황하는 미아가 된다.

그러나 역으로 생각하면 그 많은 길 중에 하나를 선택했기에 어떤 목적지에 도달할 수 있었던 것이 아닐까. 따라서 모든 길을 다 가겠다는 욕심보다는 하나의 길을 바르게 선택하는 용기와 결단이 더 가치 있는 것일 수도 있다. 여기서 확실하게 드러나는 사실은 인생이란 여러 길을 가든, 하나의 길을 가든 누구나 어떠한 길을 가야한다는 데는 이의가 있을 수 없다. 그렇다면 어떤 길을 어떻게 갈 것인가.

공자는 아침에 도道를 들으면 저녁에 죽어도 좋다고 했다. 예수는 나는 길이요, 진리요 생명이니 나를 믿는 자는 죽어도 살고 살아서 믿는 자는 영원히 죽지 않을 것이라 했다. 도대체 죽어도 좋을 만큼 대단한 길, 아니 결코 죽지 않을 길, 이러한 길은 속물들이 살아가는 일상의 길과는 차원이 다른 절대절명의 가치를 지닌 길인 것이다. 그래서 모두들 그 길을 위해 죽어도 좋을, 아니면 결코 죽지 않는 길을 찾는 일에 목숨을 건다.

이 점에 대하여 김경숙 시인의 이번 시집을 보면 시집 제목은 물론이거니와 시집 전체가 사실은 길 찾는 작업으로 일관되어 있다. 왜 시인은 길 찾는 일에 그토록 집착하는가.

그 첫째는 삶이란 모두가 이별이 있는 길이고, 만나지 못하는 길이고, 완성되지 못한 길이기 때문이다.

나는 결코 내 마음을 열지 못하고
내 안에 있는 나를 만나지 못하고
더욱 깊어진 가을을 보내지 못하고
믿음이 된 오늘로 내일을 돌이키지 못하고
온몸에 울음 돋는 말씀들 나누지 못하고
물에 물이 잠기는 가장 아름다운 소리 듣지 못하고

오늘을 살아가는
의미가 의미를 형성한 길

푸르디 푸른 구호들
불멸을 뒤척이며
크고 작은 빗금 사이로 엉겨
어쩌면 제 살점을 나누어 가지는 피
후끈 달아오른 정오의 햇볕 아래
세상 이야기 참으로 유별난
다시 말하지만

그대여
지금은 과녁을 어루만질 때가 아니다
─「이별 없는 길을 묻다」

헤어지지 않는 하루가 어디 있으랴만
저문 해를 두고 돌아오는 길은
언제나 가슴 아프다
참한 노을은

백미러에 미리 환승하여
눈짓 손짓으로 어울려
골목 어귀까지 따라와
길들이 창을 밝힐 때까지
방향 없이 떠돌고 있기에
하루해를 안고 돌아오는 길은
언제나 면목이 없다
헤어지지 않는 길들이 어디 있으랴만

-「저물 녘」

물금역 근처에서
너를 보내고
보내지 못한 마음만 남아
기적소리만
가슴을 가로질러 가는데
바라보면
허공도 절벽이더니
먼 날에 돌아앉은
길마다
꽃피는 해후
반듯하게 너의 이름 불러보며
저물녘 늦은 해를 안고 돌아오는
물금역 근처에서

-「이별」

이번 시집에서 보여주는 시적 화자는 시종 길을 묻는 일에 철저하다. 그럴 수밖에 없는 사연이 처음 화두로 제시하고 있는 작품 「이별 없는 길을 묻다」에서부터 확인된다. 시적 화자는 첫연에서 길을 묻는 이유를 열거하고 있다. 내 마음을 열지 못하고, 내 안의 나를 만나지 못하고, 내일을 돌이키지 못하고, 온 몸에 울음 돋는 말씀을 나누지 못하고, 물에 물이 잠기는 소리를 듣지 못하는 자아의 불완전한 존재인식이 바로 시인이 길을 물어야 하는 이유라는 것이다.

그러나 불완전함의 존재인식은 자아의 문제만이 아니다. 둘째 연을 보면 오늘의 현실이 갖는 부조리한 허구들이 이별 없는 길을 물어야 하는 또 다른 이유가 된다. 의미가 의미를 형성하고, 푸르디 푸른 구호들, 뒤척이고, 엉키고, 피 흘리고, 후끈 달아오른 세상, 그 부조리한 미완의 현실에서 그는 마침내 이별 없는 길을 물어야겠다는 것이다. 그러면 불완전한 자아의 존재인식이나 현실 인식을 왜, 이별 없는 길이라고 했을까. 이 말은 결국 자아나 현실에는 언제나 이별이라는 어긋남이나 헤어짐이 있기 때문에 이를 은유적으로 표현한 것이라고 할 수 있다.

이를 뒷받침하는 작품이 바로 「저물녘」이다. 여기서 시적 화자는 〈헤어지지 않는 하루가 어디 있는가〉라는 반문으로 시작한다. 모든 일상은 결국 헤어짐의 연속이라는 것이다. 그런데 이러한 헤어짐의 가슴 아픈 현실을 마지막 행에서는 〈헤어지지 않는 길들이 어디 있는가〉라는 반문으로 응대한다. 그렇다면 헤어짐의 연속인 현실은 결국 헤어짐의 연속인 길과 동일하다는 것을 알 수 있다. 시적 화자는 이 어긋남의 현실, 만남의 실패, 그 불완전한 미완

의 인생길에 강한 회의와 불만을 갖고 있는 것이다. 그러
나 이러한 불만은 단지 불만을 위한 불만이 아니라 만남
을 위한 강한 염원의 반어법이다. 강한 부정이 오히려 강
한 긍정의 역설이듯이 불완전한 길에 대한 부정은 완전한
길에 대한 긍정의 역설이 된다. 여기에 이별 있는 길에서
이별 없는 길을 물어야 하는 시인의 진실이 있다. 이러한
역설적 저의는 「이별」에서도 잘 보여준다.
　물금역 근처에서 현실적으로는 늘 너를 보내는 이별이
있지만 마음은 오히려 너를 간직하고 있으며, 오히려 먼
날에 길마다 꽃피는 해후, 보다 확실한 만남을 기약하는
이별 없는 이별의 감정을 강하게 보여주고 있는 것이다.

　그리하여 시인은 어긋남의 현실, 본질과 괴리된 세계,
참된 자아와 분리된 진정성의 흔들림, 이러한 부조리가
끝내 이별 있는 길이라는 사실을 단호히 거부하고 이별
없는 길, 이별 없는 확실성의 세계, 진실과 만나는 진정성
의 길을 찾고자 탐색의 길을 떠난다. 그것이 시인의 두 번
째 작업이 된다.

　때가 있다면
　햇살 다정하고
　망초꽃 수줍게 웃고 있는 아침
　길목에 그림자 푸르게 굽이는 오솔길로
　물소리 새소리 따라가며
　걷고 싶어라

다만 먼저 떠난 길들의 소리들이
길섶에 발끝에
알맞게 놓이고
새순 깊어질 때
긴 그림자 하루해로
그렇게 걷고 싶어라

그댈 만날 수 있는
그럴 때가 있다면 말이지

—「상봉」

길은
서로를 바라보며
함께 만들어가는 것이라 했지만
길은 어디에나 있고
도무지 아무 데도 없다
다만
날개 돋는 믿음으로 간직될 뿐
여태껏 내가 걷고 있던 길이
어느새 옆길이 되어 있을 때가 있다
모든 길은 마음 읽기에 따라
허물을 벗고
길 위에서 길로 다시 태어난다

—「인연의」

멈출 수 없는 길
쉴 수도 없는 길 헤아리며
정신을 반듯하게 놓아야 하는데
어느 곳이나 낯익어 더 살가운 길들을 마중하며
가는 길 더욱 명료하게
적당한 온도와 속도로 발효시키며
가끔은 갈 길 바쁜 너에게 빠른 길 내어주고
오래 잊혀진 친구에게 안부도 전하며
솔깃한 샛길도 우회하면서
기축년을 그렇게 걸어가리라

-「눈이 올 것 같은 아침」에서

　　시인의 탐색은 먼저 이별 없는 길을 걷고 싶은 간절한 소망으로 시작된다. 인용한 작품 「상봉」에서는 〈걷고 싶어라〉, 〈그렇게 걷고 싶어라〉라는 염원을 반복적으로 호소한다. 그만큼 길은 그에게 절실한 것이다. 그렇다면 그가 염원하는 길은 어떤 길인가.

　　이 작품에서는 〈망초꽃 수줍게 웃는〉 길이고, 〈물소리 새소리〉 들리는 순수한 길이다. 또한 〈먼저 떠난 길〉들의 소리가 들리는 길이다. 그 길이야말로 그가 열망하는 그대가 되고 그 길을 걷는 것이 진정한 그대와의 상봉이 된다. 그러나 그대와 상봉하고 싶은 이별 없는 길은 쉽게 이루어지지 않는다. 왜냐하면 「인연의」에서 보듯이 〈길은 어디에나 있고 도무지 아무 데도 없〉기 때문이다. 누구나 길을 찾아야 하고 그 길을 걸어야 하지만, 수많은 가능성의 길이 막상 가보면 엉뚱한 길일 수 있다. 지금껏 내가 걷고 있던 길이 어느새 옆길이 되는 경우가 허다하다. 그래서 진정한 길은 있는가, 이별 없는 길은 정말 가능한 것인가 라는 회의에 빠진다.

사실 진리란 늘 무지개처럼 저 멀리서 유혹하는 신기루가 될 수 있다. 데리다는 진리란 끊임없이 연기된다는 디페랑difference의 견해를 제시하기도 하였다. 그래서 시적 화자는 〈모든 길은 마음 읽기에 따라/허물을 벗고/길 위에서 길로 다시 태어난다〉라고 한 것이리라. 그럼에도 불구하고 시인은 길 찾기를 포기하지 않는다. 그 길만이 생명이 있고, 구원이 있고, 보람이 있다고 믿기 때문이다. 「눈이 올 것 같은 아침」은 비록 이별 없는 길의 탐색이 지난한 것이기는 하지만 그래도 가야한다는 강한 다짐과 결의를 보이고 있다. 그 길은 〈멈출 수 없는 길〉이고 〈쉴 수도 없는 길〉이기 때문이다.

조셉 캠벨은 모든 신화의 영웅들은 인류의 보편적인 삶의 구조를 갖고 있다고 했다. 그것은 인간의 욕망이나 무의식이 투영된 스토리이기도 하다. 사실 영웅 신화의 이야기에서 주인공들은 하나같이 불행한 운명으로 태어난다. 따라서 이들은 그 운명의 사슬을 벗어나려고 멀리 멀리 길을 떠난다. 그 길은 역경과 수난의 길이고, 모험의 길이다. 이를 탐색이라고 한다. 그러한 과정을 통해 영웅들은 보다 강인하고 현명하고 뛰어난 인물로 거듭난다. 어느 민족이나 유아에서 성인이 되는 데는 성년식, 소위 통과의례initiation를 거치게 된다. 어려운 문제나 과제를 해결하는 의식이다. 그것은 두렵고, 고통스런 과정이다.

그러나 그러한 과정을 겪고서야 당당한 성인이 될 수 있는 것이다. 넓은 의미에서 삶이란 모두가 탐색의 과정이고 길 찾기의 과정이다. 한편의 시가 탄생하는 과정도 그렇다. 우리는 늘 현실에 대한 갈등과 회의에 직면하고, 이를 극복하기 위해 긴 탐색의 길을 걷는다. 인생이란 긴 탐색의 과정이다. 끊임없는 문제 해결을 위한 모험의 길인 것이다. 이러한 길 찾기의 존재 원리가 이야기로 구성될 때 신화가 되고, 소설이 되지만 은유와 상징이 될 때는 시로 탄생되는 것이다.

김경숙 시인의 이번 시집에서 보여주는 주제는 바로 이러한 신화적 구조가 시적 형상으로 재구성된 것이다. 그의 시는 철저히 현실의 부정적 존재 인식, 즉 불행한 운명에 대한 자각에서 시작한다. 그것은 바로 이별 있는 길에 대한 자각이다. 이별 있는 길을 그대로 인정한다면 그것은 영웅의 패배요, 인생의 패배다. 그러한 운명을 벗어나는 것이 영웅의 길이고 인생의 길이다. 그래서 시인은 이별 없는 길, 바로 불행한 운명을 거역하는 길을 묻는 탐색의 긴 여행을 떠난다. 그것이 이번 시집의 진지한 내면의 모험이다. 그렇다면 그의 긴긴 길 찾기의 모험에서 마침내 길을 찾은 것일까. 영웅들은 숱한 역경을 이겨내고 마침내 영웅이 되어 귀향한다. 바리데기 공주는 천덕꾸러기로 태어났지만 숱한 역경을 이기고 마침내 아버지를 구할 수 있는 불사약을 얻는다.

김경숙 시인이 길을 묻는 시적 탐색의 긴 여정에서 마침내 상봉한 이별 없는 길은 무엇인가, 이것이 이번 시집이

보여주는 세 번째의 주제이며 진정한 영웅의 귀환일 것이
다.

　　팔월, 곰소 근처에서
　　보았다
　　염전으로 만삭이 된 땡볕들이
　　알몸으로 모여들어
　　산파도 없이
　　터지는 양수를 받으며
　　서로 서로 잉태를 도와주다
　　거푸
　　혼절하다가
　　푸른 하늘 하나씩 거느리고
　　저 바다의 허파로
　　숨 쉬는 것을

―「소금」

　　숲들은 온통 뜨거워지고 있다

　　오랜 가뭄 끝에 옷을 벗고 있는 강
　　아무리 그렇다 하더라도
　　백주대낮에
　　그것도 실오라기 하나 걸치지 않은
　　알몸으로 누웠으니
　　둥그스름한 어깨
　　너털구름 근처 허연 궁뎅이

바람에 찰박이는 사타구니 저
음부에 돋는 물비늘 비늘들
불끈 솟은 너럭바위
길들이 뿜어내는 뜨거운 숨소리

숲들 온통 오르가즘으로 있다

-「단풍」

저물도록
오색 단장한
불빛
하나
둘
무시로 걸어와
밤새
알몸 씻는 소리들
찰그락
찰그락
갯바위에 태초에 닿는 이슬들

-「밤바다 1」

이별 없는 길을 물어온 시인의 그 진실과의 만남. 그 해
답은 어디서 찾은 것일까. 진실은 늘 산 너머에 있고, 신
은 늘 베일에 싸여 있고, 이별 없는 길은 늘 강 건너에 있
다. 반드시 만나야 구원이 있고, 성숙이 있고, 영웅이 되
는 것이지만 그처럼 길은 멀리서 숨어 있는 것이다. 그러

나 설산을 헤매던 석가에게 득도의 순간이 오듯이 사십일을 금식하며 광야를 헤매던 예수가 하나님의 아들임을 깨닫듯이 고난과 역경을 경험한 자에게는 한 줄기 빛으로, 비장한 음성으로 다가오는 길道을 느끼게 된다. 시인은 「소금」에서 그 길을 보게 된다. 〈팔월의 곰소 근처에서〉 그 길을 보았다는 것이다. 염전에서 〈만삭이 된 땡볕들이〉 〈서로 서로 잉태를 도와주다〉 〈거푸 혼절하〉는 과정을 거쳐 하늘과 바다가 마침내 〈숨쉬는 것을〉 보았다는 것이다. 하늘과 땅, 우주와 우주, 너와 내가 서로를 위해 혼절하는 희생과 화해와 결합을 통해 새로운 생명으로 탄생하는 섭리의 길을 보았다는 것이다.

한편 「단풍」에서는 숲들과 〈알몸으로 누워있는〉 강들과 대낮의 어우러짐 속에 길들의 〈뜨거운 숨소리〉를 듣고 숲들은 마침내 오르가즘의 절정에 이르는 황홀을 느끼게 된다. 여기서는 나무와 물과 햇빛과 바위가 함께 어우러진 순수자연의 생태적 순환의 길을 보게 된다. 이는 「밤바다 1」에서도 같은 이치다. 한낮의 불빛들이 〈밤새/알몸 씻는 소리들/찰그락/찰그락〉 소리를 낸다. 그리하여 태초의 이슬을 만든다. 그렇다면 시인의 이별 없는 길은 모두가 엉키고 어우러짐이다. 그냥 어우러지는 것이 아니라 알몸으로 어우러지는 것이다. 현실과 세속과 욕망의 옷들을 벗고 태초의 순수로 어우러지는 조화와 상호작용이다.

이처럼 김경숙 시인의 이번 시집 「이별 없는 길을 묻다」는 철저히 이별 있는 부조리의 현실에서 이별 없는 진실의 길을 찾는 긴긴 탐색의 고행이며 마침내 알몸으로 어

우러지는 순수한 결합에서 이별 없는 길을 보고, 이별 없
는 길을 듣게 되는 시적 상상의 순례이며 이별 없는 길 찾
기의 뜨거운 언어가 된다.

미래시선 149
이별 없는 길을 묻다

찍은 날 · 2009년 12월 5일
펴낸 날 · 2009년 12월 10일

지은이 · 김경숙
펴낸이 · 임종대
펴낸곳 · 미래문화사

등록 번호 · 제3-44호
등록 일자 · 1976년 10월 19일
주소 · 서울시 용산구 효창동 5-421
전화 · 715-4507 / 713-6647
팩시밀리 · 713-4805
E-mail · mirae715@hanmail.net
홈페이지 · www.miraepub.co.kr

ⓒ2009, 미래문화사
ISBN 978-89-7299-375-9 03810

정가 · 7,000원